WELSERMÜHL · VERLAG

Lebendiges Wort
Kleinbücher in österreichischer Mundart

Herausgegeben von
Johannes Hauer

Buchgestaltung
Franz Korger

Band 168

Margit Szabo

IS'S NET SO?

Gedichte in niederösterreichischer Mundart
(Raum um Wien)

Verlag Welsermühl Wels

Gedruckt mit Unterstützung der
niederösterreichischen Landesregierung

ISBN 3-85339-529-5

Gesamtherstellung: Druck- und Verlagsanstalt Welsermühl, Wels

MACH MA(R) AN BLICK
AUSSI IN D' WELT

WELTGEWISSN, HORCH AMOL ZUA!

Weltgewissn horch amol zua:
Du – hörst du mih denn überhaupt,
oder gibt's dih schon nimmer –
wia man vielfach glaubt!

Sag, wia kannst du des zualassn,
daß auf der an Seitn d' Leut tan prassn
und sovül andere hungern
und krank am Straßenpflaster lungern?
Sag amol, kannst du des verstehn,
wia kann ma daran vorübergehn?
Wie kann ma des ignoriern,
daß andere elendig krepiern –

wo s' ebenso Kinder vo unserm Jesus san –
ah, du waßt des eh –
wo verbirgt sich dein Nächstnliebe dann?

WOHLSTANDSGERÄUSCHE

De Bratpfann gurrt,
de Waschmaschin schnurrt,
de Tiefkühltruchn brummt,
der Fernseher summt.

Du liegst da in dein' Fauteuil,
kräulst ah gwiß net ausser so schnell,
grammlst genüßlich mit de Zähnd,
stopfst dar eini, was d' dawischt mit de Händ.

Hurchst, wia dein voller Bauch tuat rumorn,
für sonst was is iatzt ka Platz in deine Ohrn,
kane Verhungertn und kane, de san dafrorn
habm iatzt noh Platz in deine Ohrn.

Kane Daschossenen und kane, de s' habm daschlagn,
vertragt iatzt dein fürchterlich angfüllter Magn.
Tuast lieber rülpsn, pustn und pfauchn
und da noh a Zigrettn anrauchn.

Des alls paßt dar vül besser,
und wann dar 's Gwissn gibt an Stesser,
dann schau halt,
    daß's d' Wohlstandsgeräusche übertöna –
Gwissn denkst dar –
    na so was, – des waar ja noh schöner!

IH MÖCHT KA SUNN SEIN

Fruahjahr wird's,
de Sunn kommt zruck,
hat s' leicht
vo de vüln Totn gnuag,
de s' gsehgn hat in Afrika?

Sie quält sih durch,
durch unsarn Ruaß,
weil s' waß,
daß da irgendwo
unser Landl sein muaß!

Sie suacht de Felder,
sie suacht de Wiesn,
weil 's muaß ja bald alls wieder sprießn.
Denn wann ma nix zum Pampfn habm,
fangat mar grad so zum Kämpfn an.

Mir hättn ja gnuag Vorbilder
im weit entferntn Afrika.
De habm uns ja zagt,
wie ma des macht,
wann an vor Hunger der Magn kracht.

Ma tarnt des zwar –
und nennt's Politik.
Geh, hörts mar auf mit de uraltn Trick!
Der Hunger is's – der d' Leut so weit treibt,
daß aner dem andern a Kugl einischeibt.

Drum möcht ih ka Sunn sein,
da siachst einfach z'vül.
Solang sih de Welt draht,
is's des nämliche Gspül.
Ih möcht ka Sunn sein –
net um vül Geld!

ERDÖLKRISE

San de net zum Darbarmen –
de Leit – de armen –
und jeder Politiker is da gleich,
an Kniafall machn s' vor an jedn Scheich.
Seit jene am Erdölhahn habm draht,
befürchtet ma schon den ärgstn Salat.
Aber waar's denn so arg,
wann 's Öl rinnt so karg?
Vielleicht waar's dann den Leutn klar:
Wir habm ja noh Füaß, a jeder a Paar.
Und wann ah d ' Maschinen stille stehn
gibt's ja gnua Leit, de s' weiterdrehn.
D' Luft tät sih verbessern
grad so wär's mit den Gewässern –
Rinnen weniger Abwässer rein,
kann des doh nur günstig sein!
Ma könnt wieder amol an Fisch verzehrn
und vielleicht ah wieder amol a Amsl singen hörn.

LEPRAKRANKE KONTRA GENERALDIREKTOREN

Sie fahrn kan' Rolls-Royce –
aufn Holzwagerl ziahgn sie s' daher,
und zum Befehlstastn druckn
habm s' leider kane Händ mehr.
Statt in an Cut steckn s' in an Jutesack drin.
De an stierln in d' Austern
        und de andern in d' Abfallhäufn drin,
weil des Häuferl Elend, was vo an Menschn übrigbliebm is,
halt ah noh so schrecklich hungrig is.

SIE REDN SCHON WIEDER VOM KRIEG ...

Sie redn schon wieder vom Krieg!
Sagts Leit, wo bleibt endlich der Sieg –
der Sieg über soviel Unvernunft?
Wer gfreut sih da noh auf a Zukunft,
wen gfreut da noh das Morgen?
Machts ihr euch denn keine Sorgen?
Aber d' Leit wern net gscheiter,
und die Zeit rennt ungenützt weiter!
Hint und vorn brandlt die Welt,
und jeder sovül auf Friednsverträge zählt
de ma irgendwo schnell unterzeichnet hat.
Aber wer halt sih schon dran – zeigts mar den Staat!
Der Herrgott hat uns an freien Willn gewährt.
Was habm mir zsammbracht? –
    Nix! – Weil's rundherum gärt.

BUCHHALTER DES GRAUENS

Da muaß es an gebm,
der hat an grauslichn Beruf.
Ih waß net, wer den schuf,
aber wia gsagt, es muaß ihn gebm,
weil der mit aner Akribie
Leichn addiert wie nie.

Soundsovül Tote bei an Bombmangriff,
soundsovül Tote bei aner Terroraktion,
soundsovül Tote, de hat's ausn Hinterhalt packt,
soundsovül Tote bei an Feuergefecht,
soundsovül Tote bei an Sabotageakt.

Peinlich genau wird alles addiert
und dir bei d' Nachrichtn zum Essn serviert!
Verbucht er die dann im Haben –
oder verbucht er die im Soll?

S O L L das so weitergehen?
H A B E N wir jede Achtung
vor menschlichem Lebm verlorn?

FLÜCHTLINGSELEND

Vertriebm,
verjagt,
wia a Hund vom Hof.

An Löffl,
an Kochtopf
und a Deckn fürn Schlaf –

Das is alls, was s' mitnehmen können,
und dann haßt's nix wia rennen!
Hastig stolpern s' über d' Leichn davon,
so geht's durch die Jahrtausende schon.
Alls, was sie sih gschaffn habm, bleibt zrück,
Hab und Guat gilt ein letzter Blick.
Kinder zappln an der Hand nebmher,
die Zukunft is so schrecklich leer,
die Heimat fallt jetzt in andere Hände
und sie irren hinaus in die Fremde

mit an Löffl,
an Kochtopf
und aner Deckn fürn Schlaf.

Vertriebn,
verjagt,
wia a Hund vom Hof.

IH HAB AN VORSCHLAG

Ih hab an Vorschlag,
und ohne Frag
werds ihr sagn, das is gscheit!
Treibm mir noh heit
alle Politiker in a Arena zsamm,
alle, de dauernd an Krieg wolln habm.
Dort solln s' iatzt mitanand kämpfn und streitn
und all das, was s' dem Volk wolltn bereitn,
solln sie sih iatzt untereinand ausmachn.
D' Menschn auf den Tribünen tätn sih 'n Bauch vollachn,
wia sih de Herrn die Schädl einschlagn.
Etliche blaue Fleck könntn s' ah vertragn.
Sie sand's ja, die den Krieg dauernd wolln,
also solln s' amal am eigenen Körper »Erfahrungen« holn!

D' STADT UND IHRE LEUT

D' SPATZN VO WEAN

D' Spatzn vo Wean,
de schaun so guat aus,
strahn eahna d' Leut
sovül Fuatter naus?

Ja, das tan s' sicher,
des is gwiß.
Aber ans ah net
zum Verleugnen is:

Des is der Dreck.
Verstehst des eh? –
Schau dih um in der Gegnd,
dann siachst eahm eh –

Wenn ma den grauslichn Mist
allweil in sih einifrißt,
dann muaß ma ja so füllig wern,
grad so wia d' Spatzn von Wean.

ABSCHIED VON DER GREISSLEREI

Heit tan s' dar noh
d' Semmln ins Sackl einzähln,
morgen wern s' dir an
Supermarkt herstelln.

Dann kannst ja zuaschaun –
Wiasd' da tuast,
wosd' dar den Rhabarber zsammklaubst
und ah dein Wurscht.
»Was wünschn Gnädige außerdem?«
Damit is's dann für immer gschehgn!
Suachst a Saaf.
na da bist baff,
de wirst net leicht findn,
de is bei d' Eierspeisreindln da hintn.

Heit tan s' dar noh
d' Semmln ins Sackl einzähln,
und sagn »Gnädige außerdem?«
Von morgn an muaß ah gehn – ebm ohne dem ...

HASS IS'S GWESN, DER TAG WAR LANG

Haß is's gwesn,
der Tag war lang,
die miadn Gsichter
schaun bang
auf d' Werksuhr ober eahna –
Kann der Zeiger heit net schneller renna?

Haß is's gwesn,
der Tag war lang,
aber endlich hearn s' eahm,
den ersehnten »Gong«.
Aus is's mit der Hackn,
Leutln, geh mar zsammenpackn.

De an' rennen zur Straßnbahn,
de andern rasn mitn Moped ham.
De andern habm ihrn Wagn stehn,
nur ane siecht ma verlegn aussagehn –
Sie hat sih noh hergricht't ihr miades Gsicht,
daß s' a bissl jünger aussiecht.

Und da siecht s' eahm schon, den »Galan«,
dort an der Wagntür tuat er lahn –
Er pfeift schon lässig durch de Zähnd,
daß 's Madl ah net vorüberrennt.
Dann öffnet er ihr sein Kutschn,
daß s' kann zu eahm einirutschn.

Bald drauf sitzn s' in an Heurigngartn
und tan auf ihrn Gspritzn wartn.
Da erzählt s' vo ihrer Surg und Plag
und was s' so gift den ganzn Tag,
was s' so gift und was s' so gallt,
und was ihr an ihrm Chef net gfallt.

Da ruckt er näher zu ihr hin
und schaut aufn Madl sei Taschl hin.
Er schaut ah abi aufs Dekolleté,
und sie fallt ah schon eini auf den Schmäh
und denkt: Mein Gsicht und mein Busn gebm a nettes Bild.
Doh der Falott hat's bloß auf ihr Geld abzielt!

'S NEUE AUTO

Wia s' es hätscheln, wia s' es pflegn,
wia s' es vo innen und außn fegn,
wia s' es schrubbn und poliern,
und wia dabei ihre Blicke giern!
Ob's eh recht vül Leut bemerkn?
Sowas soll angeblich das Selbstbewußtsein stärkn,
wann ma recht vül zum Prahln hat,
macht des vor de Nachbarn Staat –
glauben s' – de Armen,
de san ja direkt zum Dabarmen.
Wann das vo d' Leut der Lebmsinhalt gwordn is,
steht's um unser Welt wahrlich mies!

WIAVÜL HÄND HAT SO A HAUSMASTERIN?

Wiavül Händ
hat so a Hausmasterin?
Fallweis steckn
zwa in an Kübl drin.
Da kann's womöglich passiern,
daß s' mit an nassn Fetzn
tuat Dreck arretiern.

De übrige Zeit vom Jahr
wird an net klar,
ob sih der Herrgott an Spaß hat traut
und ihr noh a paar Händ hat einbaut.

's waar ja verständlich,
's gibt ja gnua z'tun:
Der Hof is zum Waschn,
auf d' Fensterbretter liegt der Aschn,
des Stiagnglander is zum Putzn,
und de Wiesn waar zum Stutzn.
Spinnanetza waarn zum Weggarama,
des sollt ma ah net versama.

Wann ma aber umananderschaut,
siecht ma, de hat wohl mehrere Händ einbaut,
aber net zum Dreck arretiern,
sondern anzig und allan zum Schmattes kassiern!

SOMMERABND

Da sitzen s' mit miade Gsichter
draußn vorm Beisl im Schanigartn.
Vo de Leuchtreklamen de Liachter
schimmern eini in Gasthausgartn.

Haß hat sih der Tag heut zwischn d' Häuser glegt,
haß is der Wind durch d' Straßn gfegt.
Auspuffgase umnebln den klan Schanigartn,
wo de erschöpftn ausglaugtn Menschn wartn.

A Eis habm sie sih bstellt,
sowas kost't net viel Geld,
bei jedm Löffl
        schleckn s' gleih den Gstank vo d' Autos mit ein –
Aber wia soll's'nn in aner Stadt schon anders sein?

Miad hocken s' unter d' Liachter vo d' Leuchtreklamen
und tan vo aner Erholung tramen,
hoffn auf a Kraft fürn nächstn Tag,
wann s' wieder angeht de Schinderei und Plag.

DER SCHLÜSSL

»Da is der Schlüssl,
sperr zua das Tor!«
»Wer steht davor?«
»Einbrecher, Diebe
könntn's doh sein.«
»Die findn ah so herein.
's kann der Tod sein,
's kann die Not sein,
die wern dih z'findn wissn. –
Ob Flutwelln dein Haus umspüln,
ob Feuerzungen danach fühln,
dein Schlüssl
wird's net zu verhindern wissn!«

D' BRUCKN

Verstehst, da baun s' a Bruckn,
a Bruckn aus Eisn und Stahl.
Sicher, sowas findt sih wieder
auf der Welt x-tausndmal.

Sie soll ja d' Menschn zsammnführn,
zumindest is das ihr Sinn.
Doh was ma damit erreicht hat,
führt zu dem Ziel leider net hin.

Wo der Mensch an Menschn findet,
flammt Streit gar oftmals auf.
Gründe finden s' viele,
ih zähl s' liaber net erst auf.

Verstehst, da baun s' a Bruckn,
a Bruckn aus Eisn und Stahl.
Aber statt daß ihr euch damit täts findn,
machts einander 's Leben zur Qual.

D' AUSLAGNSCHEIBM

Sie gluarrn dih an
mit grelln Liacht,
daß ma ah gwiß alles siacht:
Den ganzn Plunder,
den ganzn Kram,
densd' eigentlich
net brauchn tätst,
hast doh eh alls daham.
Sie lockn dih an,
daß d' ah kummst und kafst,
ah wannsd' nachher
d' Haar drüber rafst.
Wann ih so steh,
kumm ih mar vor wia a Weh,
so lockt's dih an, des Glumpat
hinter der Scheibm.
»Sei standhaft«
sagt was in mir,
»laß des bleibm,
den ganzn Plunder,
den ganzen Kram –
hast doh eh alls daham!«

Aber sie gluarrn an halt an
mit so an schön' Liacht ...

DER KANTINENPAMPF

Ham fahrn kannst net,
weil die Zeit fehlt,
drum ißt drin
in der Kantin.
Wurstfleckerln kriagst und an Salat,
d' Fleckerln san letschat, a(b)gstandn is der Salat.
Hinterher stelln s' dar a Mehlspeis hin.
So, jetzt hast wenigstns was im Magn drin,
aber schmeckn tuat dir des net.
Auf der Listn für morgn steht Spinat,
und du waßt heit schon, was's mit dem wieder auf sich hat.
Übermorgn solln's Krautrouladn wern,
de dar wieder 'n Magn aufblähn wern.
So geht des furt de ganze Zeit –
Ih kann mar net vorstelln, daß das d' Kranknkasse gfreit!
Da wern ihr ja reihweis d' Patientn zücht't.
Ih frag mih wirklih, warum geht das nicht,
daß ma an' a Essn hinstellt,
dem's an Qualität net fehlt.

LANGEWEILE

Zerst hab ih's ja gar net glaubm können,
was ih da hab müassn vernehmen –
Wia biag ih ihn umi den heutign Tag?
Was is das für a entsetzliche Frag?
Jeder Tag is doh a neues Geschenk
und außerdem, wia ih denk,
ah a Aufgab steckt da drin:
Hab mein Begabung zu entfaltn,
soll für andere Menschn 's Herz offnhaltn,
soll den Tag bewußt erlebm
und ihm an echtn Inhalt gebm.
Wia sinnlos ist doh dann die Frag,
wia biag ih ihn umi, den heutign Tag? –

VOM WEGWERFN

Wegwerfn
is ganz große Mode
und fangt schon
bei d' Kinderwindln an.
Später schliaßn sih
noh allerhand andere Sachn an –

Wegwerfschuach
und Wegwerfhaar,
de hat jeder,
des is klar.
Wegwerfzähnd,
de jeder kennt,
Wegwerfflaschn,
Wegwerftaschn,
Wegwerfteller,
Wegwerfgwand
und sonst noh so allerhand –

Wegwerfn
is ganz große Mode.
Wundert's an eigentlich dann,
wann d' Leut
mit ihrn Lebm
ah nix anders mehr tan?

IM BAHNWÄRTERHÄUSL

Hockst da drinnen
Jahr für Jahr,
sagst de Züg an,
stellst de Weichn,
gibst ah für d' Abfahrt des Zeichn.

Giaß dar ein
aus der Thermosflaschn
dein' Kaffee,
daß d' net einschlafst.
Warum – waßt ja eh –

Amal vergessn
d' Weichn zu stelln,
daß d' Züg aufeinanderschnelln,
na Mahlzeit, da gang's dar an den Kragn,
einglocht wirst wegn menschlichem Versagn!

Aber was wissn denn de,
wia schlafrig du warst
vo der sturen Tour:
D' Augn am Gleis,
d' Augn auf der Uhr.

Giaß dar ein
aus der Thermosflaschn
dein' Kaffee,
daß d' net einschlafst.
Warum – waßt ja eh ...

UNSERE SPURTLER
BEI DER SIEGEREHRUNG

Wenn s' da obm stehn
am Postament
und sich verlegn drehn,
hat die Karrier an End.

Gwunna habm s' für unser Land
und kehr-um-die-Hand,
's wird gar net lang dauern,
san s' schon vergessn.

Wia war mar doh bsessn,
gwinna habm s' müassn,
des war gar ka Frag!
Uns hat's ja nia gschert, was des für a Plag.

Aber iatzt is er ja gsichert, der Expurt!
In alle Himmlsrichtungen
gehn d' Ski iatzt furt.
Aber wann s' versagt hättn –

Na, des waar a Aufruhr gwesn!
Feigling, Versager, Besn –
hätt mar s' gnennt,
oder was ma für solchene Fälle halt kennt.

Aber sie habm ja gwunna!
So jubln mar halt und san gnädig,
weil fürn Expurt
habm mars eh bitter nötig!

MIT DE SORGN

Mit de Sorgn
is des
wia mitn Unkraut.
Waar nix da,
gangat's an a(b),
wißat ma net,
über was ma sih
giftn tät!

DEM ÖSTERREICHER SEIN ZWEITE HAUT

Wia's Winter wird
in unsern Land,
der Schnee abafliagt –
's is weltweit bekannt,
da siachst den Österreicher,
wia's in eahm quirlt,
wia er in sein' Kastn stierlt.
Ja, was fallt eahm ein,
ja, was mag's denn nur sein,
daß er gar so fluacht? –
Ah – sein zweite Haut is's,
de er suacht!
Winter is, und des is gwiß,
daß das dem Österreicher
sein größte Seligkeit is.
Er zwängt sih eini
in sein zweite Haut,
grad, daß halt noh

der Kopf ausserschaut.
's zahnluckate Ahnl
steckt ah schon drin!
Plastikanzüg san ja große Mode,
und heutz'tag is doh jeder »in«!
Sogar vom klan' Buzerl in der Wiagn
tan s' schon de Knochn
in so an Anzügl einibiagn.
De Ämter, de Gschäfte,
alles hat gschlossn,
denn jetzt wird mit Vehemenz
über d' Schipistn gschossn.
Erst wenn der letzte Schnee verweht,
und der Österreicher
aus seiner zweitn Haut aussergeht,
schnelln d' Rollbalkn wieder in d' Höh.
Und das Plastikgwand wird verstaut,
bis's aufs Jahr an neichn Schnee abahaut.

JA, GIBT'S DENN DES AH NOH?

Warum will er denn net startn,
oder muaß er auf wen wartn –
der Herr Ingenieur.

Er sollt längst in d' Stadt reinbrausn
und zu d' verschiedenen Baustelln sausn –
der Herr Ingenieur.

Aber er fahrt noh net,
er faltet die Hände zum Gebet! –
Der Herr Ingenieur.

Der kühle Planer erbittet Gottes Segn
für d' Verantwortung, die ma ihm tuat auferlegn –
dem Herrn Ingenieur –

Und iatzt erst startet er.

VOM WARTN

Zerst wartst amol,
daß's Tag wird.
Bis d' wartst,
daß's Nacht wird,
wartst noh
auf sovül Sachn,
de alle a Freud dar solln machn.
Du wartst auf a angenehme Post,
dabei erfahrst, was dih desmal d' Steuer kost't.
Aber was, denkst dar,
gschiacht sicher noh was Netts heut mir,
was is's, es kummt der Gaskassier.
Du wartst, daß d' Arbeitszeit schneller vergeht,
du möchtst, daß der Zeiger sih schneller dreht. –
Ja, Freunderl, so kann's doh net allweil weitergehn!
Auf ja und na wird der Sensnmann vor dir stehn!
Dann muaßt Rechnschaft abgebm
für alls, was d' tan hast in dein' Lebm.
Was sagst'nn du dann?
Ih hab mein Lebm mitn Wartn vertan! –

DER MUCKERL

An' Meter dreißig bloß
is er groß,
drum nennen s' eahm Muckerl.
(Nach dem Märchen »der kleine Muck«)

Klan, sehr klan is sein Figur,
ebm ans-dreißig nur.
Klan sehr klan, is der Kreis seiner Freunde,
wenige habm Umgang mit eahm in der Gemeinde.
Klan, sehr klan is den Menschn ihr Mitgefühl.
Umso öfter is er für ihre Verspottungen 's Ziel.

Aber, wia er das Schicksal tragt,
da offenbart sih seine w a h r e Größe
und zoagt sih umso deutlicher unsere menschliche Blöße.

GRIPPE

So a Grippe is a Krampf,
siachst net aus d' Augn vor Schnupfn,
der Huastn tuat dih umananderschupfn,
gegn d' Kopfschmerzn führst an Kampf.
Sollst da heut in d' Hackn gehn?
A was, laß des stehn!
Der Alte soll an' ruhig vermissn,
er soll nur amol wissn,
wia alls drunter und drüber geht,
wenn ma net auf sein' Postn steht!
Vielleicht schätzt er an hinterher mehr,
und 's wirkat sie aus aufs Salär ...

Weiberl, laß dar Zeit mitn Tee –
so schnell will ih gar net in d' Höh!

WAS IS A WOHNUNG?

Fürn Ehemann:
Vier Wänd, in denen ma d' Wäsch wechsln tuat,
vier Wänd, in denen ma schnarcht fest und guat,
vier Wänd, in denen ma a Essn kriagt,
vier Wänd, aus de ma schnell wieder aussifliagt.

Für d' Kinder:
Vier Wänd, in denens dih brav aufführn muaßt,
vier Wänd, in denen's 'n Nachbar stört,
wennsd' z'laut huast;
vier Wänd, wosd' d' Aufgab zum Schreibm hast,
vier Wänd, wosd' gleih ane fangst, wann wem was net paßt.

Für d' Hausfrau:
Vier Wänd, de dih ganz schön strapaziern,
vier Wänd, in desd' flott kannst umananderschwirrn,
vier Wänd, de dir 's Letzte abverlangen,
vier Wänd, de dir auf d' Nerven z'gehn anfangen.

Und trotzdem:
Vier Wänd san's, ohne de kannst net lebm,
vier Wänd san's, de dir Geborgnheit gebm,
vier Wänd san's, de dih abschirmen vo der Welt,
vier Wänd san's, de dir Stundn beschern,
des d' net kaufn kannst für vül Geld.

WEAN WIRD MODERN

Alt-Wien geht sterbm,
d' letztn Fiaker fahrn z'Haus,
d' altn Gaslaterndln,
oh mein, de san schon lang gangen aus.
Wo is de alte Biedermeierpracht!
Furt, furt is alls über Nacht.

Dafür habm mir iatzt eine U-Bahn
und sind somit »up to date«,
seltsam – auf amal is mir – als
kaman d' Herzlichkeit und d' Gmütlichkeit
überallhin z'spät!

AUSVERKAUF

Hörst, Gretl, kumm und lauf,
beim Beyer is heit Ausverkauf!
Hast net gsehgn, wia billig d' Vurhäng san?
Und wann ih mir vorstell – erst dann
de wunderschönen Kleider!
Aber ih bin halt leider
in der Kasse etwas stier.
Was, dir geht's a so wia mir?
Geh, mach mar doh kane Sorgn,
ih hab glaubt, du kannst mar was borgn!
Na, sowas, is doh zum Tränenvergießn
und kann an den schönstn Ausverkauf vermiesn.
's halbe Gschäft kaufat ih gern leer,
aber, wo nehm ih das Geld iatzt her? –

AUS LIEBE

Aus Liebe wirst a echter Narr
und machst Sachn, de dar gar net recht klar.
Da is aner kummen,
hat 's Herz dir weggnummen,
den ganzen Tag kannst eahm net vergessn,
auf – an – Blick nur vo eahm bist ganz versessen.
Vergißt auf dein Mahlzeit,
hast kan Dunst, was für a Tageszeit,
es reißt dih umanand wia an Zauberer
dein Aussehgn wird viel sauberer,
mit der Hektik wird's immer schlimmer
möchtest eahm ja gfalln für immer –
Es reißt dih hin, es reißt dih her,
grad so wia an Zauberer –

Aber aner, der sehr glücklich is.

MEIN BUA HAT GHEIRAT'T

Schön war d' Hochzeit,
wirklich wahr,
wia s' da gstandn san
beim Altar,
d' Monika und er,
er, der noh gestern mein Klaner war.

Dein schönster Tag is heit, sagst du,
mih frag liaber net,
für mih is's iatzt aus mit der Ruh!
Waßt, direkt Sorgn mach ih mir ja net,
aber ih studier halt doh,
ob 's Kochn bei der Moni net wird a Fiasko,
ob s' ah deine Hemdn schön stärkt nachn Waschn,
ob s' dar mit an Gschirrl nachrennt für dein' Aschn,
ob s' ah findt d' Löcher in deine Sockn drin,
sapperlott, jede Wochn war a Paar hin!
Ob s' dar vorm Schlafngehn macht dein' Pfefferminztee –
's is wegn dein' Magn, waßt es ja eh!

Dein schönster Tag is heit, sagst du,
nur für dein Muatterl is's halt aus mit der Ruh –
Wird's mein Bua ah guat troffn habm
wird sih Tag und Nacht in meine Gedankn eingrabm!
Oh mein, da grabt sih ja noh was bei mir ein: –
Vo heit an hab ih ah noh a Tochter –
und der muaß ih a guate Mama sein!

PROGRAMMAUSFALL

In irgendeiner Studiokammer
vom Fernsehn is was hin,
das is a Jammer.

Ma hetzt hin,
ma hetzt her,
es nützt nix mehr.
Der Film laßt sih net repariern,
laß mar doh d' Ansagerin schnell was parliern,
vielleicht fallt uns daweil was ein.
Aber nein, es will net sein,
der Krimi muß doh abgsagt wern.
Na, das wird a Empörung wern!

So beruhigts euch doh ihr Leit!
Es kummen ja noh d' Nachrichtn heit!
Da liegn reihweis die Totn herum,
vor laufendn Kameras fliagn s' um.
Soviel Brutalität, wia durch an' Kriag entsteht,
in an Krimi gar net einigeht!

VOM DARBM

Nachn Darbm hat er s' gfragt, der Lehrer,
und was des denn wär,
Kinder, hat er gsagt, horchts alle amol her.

»Ah – 's Darbm«, waß ane, »ja, das is das,
wenn ma abnehma muaß,
weil ma so dick is wia a Faß.«

»Na, Kinder, ih siach schon, damit kennts euch net aus,
auf euch wart't halt allweil
d' volle Schüssl z'Haus.

Ihr habts noh kan Kriag gsehgn und ah ka Not.
Habts ka Katastrophn dalebt
und ka Surg ums tägliche Brot.

Drum merkts euch jetzt zum Schluß,
darbm haßt net, daß ma hungern darf,
sondern, daß man hungern m u ß !«

D' LEIT LESN SO WENIG

D' Leit lesn so wenig,
höchstens an, zwa Büacher im Jahr.
Für d' Buchhändler is das z'wenig,
das liegt auf der Hand, das is ja klar.
Doch bei dem vieln Mist, der gschriebm wird,
mih das weiter net geniert.
Nach dem anzig notwendign Buach
greift ma ja leider nicht,
das wär die Bibl, in der Gott zu den Menschn spricht.
Wann d' Leit nach der a Verlangen hättn,
wär de verrohte Welt gwiß noch z'rettn.

A FLUGREISE

Iatzt genier ih mih schön langsam schon,
d' ganze Nachbarschaft fliagt mitn Flugzeug davon
in' Urlaub! –
Aber ih glaub,
daß das für mih halt net 's Richtige is,
es is ja soviel ungewiß!
Steigst in so a Kistn ein,
könnt's ja d' letzte Reise sein.
Was is, wann's des Triebwerk zerreißt,
und dann alle abaschmeißt?
Vo so weit obm, na, des is a Graus!

Schaust aber beim Flugzeug zum Fenster naus,
könntest wunderbar d' Gegend besehn.
Sapperlott, des waar aber doh schön!
Und der Zwirschina könntst vo da obm
    auf d' Perückn spuckn,
weil s' an eh soviel gift't 's ganze Jahr mit ihrane Muckn!

FEIGHEIT

Aus Feigheit gehn d' Leit viel z'spät zum Arzt
und wundern sih dann,
wenn er im Kampf gegnan Sensnmann
anfach unterliegn muaß.

D' Anghörign san verzweiflt, san verzagt
und behauptn, d' ärztliche Kunst hat versagt,
und es fallt den Leitn gar net ein,
daß nur d' Feigheit Schuld kann sein.

KIND KONTRA TV-ÜBERTRAGUNG

Na servas, das is ja heit a Super-Match!
Fix, was is's, ka Ruah hast vo so an Pamperletsch.
Was is's, was findst net, na, so laß's halt bleibm,
ih laß mir doh net entgehn, wia s' den Balln einischeibm.
Was is's, du glangst selber net rauf,
servas, war das iatzt a toller Lauf!
Na, so renn schon – na – Schuß und – Tooooor!
Was willst denn schon wieder, was bringst net hervor?
Fix Kind, du gehst mih aber was an,
begreifst net, mein Verein is doh heit dran!
Na, is denn das möglich, schon wieder a Tor!

Dein Verein wird heit gwinnen, bei sovieln Torn,
aber die Zuneigung von dein Kind hast verlorn!
Hast verlorn mit deiner Gleichgültigkeit
's Ländermatch war dar wichtiger heit!
In dein' Herzen is für soviel Grümpl Platz,
aber net a klans Fleckerl hast fürn größtn Schatz!

'S SCHLÜSSLKIND

An' Schlüssl am Banderl
statt der Muatter ihrn Handerl
geht's ham in die kalte Stubm,
stochert um in d' kaltn Ruabm,
macht sih an d' Aufgab
ganz ohne Freid –
Bis d' Muatter hamkummt,
is noh schrecklih vül Zeit.
Im Bauch d' kaltn Ruabm
mittn in der kaltn Stubm,
hockt 's Kindl und flennt,
weil's halt den Sinn
vo dem Ganzn net kennt.

NESTWÄRME

Vül Geld hat s' verdient, die Mama.
Tag für Tag is s' arbeitn ganga.
Hat alln früah morgns d' Sachn hingstellt,
wia a Pfeil is s' oft durch d' Wohnung gschnellt.

Tag für Tag war das a so,
ansteils war s' ja drüber froh,
soviel Ratn hat ma zahln können,
wia hätt ma sonst solln all das brennen?

Aber neulich, da hat s' d' Kündigung gschriebm
und is vo heit auf morgn z'Haus gebliebm.
Sie hat was Wesentlichs erkannt,
auf de Tour kummt 'n Kind d' Nestwärme abhand.

Was hat a Gschrapperl denn schon davon,
wann's fürn ganzn Tag allan sein, kriagt als Lohn
recht, recht vül Taschngeld –
's fehlt eahm doh 's Wichtigste auf der Welt!

Es fehlt eahm die Nestwärme!
Und in all dem Gelärme
vo der heutign Welt
kriagst sowas net ums lausige Geld.

ABSCHIED VON DER KINDERZEIT

Schweren Herzens trennt sie sih
vo ihre Barbie-Puppn.
Aber was soll s' tuan?
Eingladn is s' worn
in an Beat-Schuppn,
und hat ka Gwand.

A bissl was gebm s' ihr
in der Tauschzentrale
für ihre Barbie-Puppn.
Iatzt kann s' laufn
und fürn Beat-Schuppn
an neuen Pulli sih kaufn.

A letzts Mal
streichlt s' aner jedn Puppn
nachdenklih übers Haar
und gspürt's deutlih,
daß das iatzt der Abschied
von der Kinderzeit war.

IN DER FREMDE

's Madl is rausglockt worn
in d' weite Welt,
vielleicht hat ihr aner
's Blaue vom Himml dazählt.

Sie schreibt zwar, daß sie's
guat troffn hat.
Aber ih waß net,
de Briaf klingen alle so matt.

So schreibst doh net,
wannsd' glücklih bist –
Ih glaub vielmehr,
daß d' dein Hoamat ganz schön vermißt!

HART WIA 'S STRASSNPFLASTER

Hart wia 's Straßnpflaster
san s', die Herzn vo d' Leit,
hart wia 's Straßnpflaster
san d' Menschn der jetzign Zeit.

Sie wissn net amol, wer ihr Nachbar is,
was hilfsbereit sein haßt, is ihnen erst recht net gwiß,
jeder glaubt schier, er is der Nabl der Welt.
Was d' Leit interessiert, is anzig das Geld!

Hart wia 's Straßnpflaster
san s', die Herzn vo d' Leit,
hart wia 's Straßnpflaster
san d' Menschn der jetzign Zeit.

LEBMSANFANG

In blue-jeans und lange Haar
stehst da mit deine 17 Jahr.
Hoffnungsvoll denkst am Anfang vo dein' Lebm,
was wird's mir bringen, was wird's mir gebm,
was wird mir gnommen,
was wird alles über mih kommen?
Hoffnungsvoll bist, und doh ängstlih zgleich,
du gspürst schon, 's Lebm is an Tückn so reich.
Doh sei net ängstlih, tua net verzagn,
nix is besser als an alln Tagn
vertrauensvoll z'denkn:
Der Vater im Himmel wird meine Schritte lenkn.

INTENSIVSTATION

Dem Lebm bist zwar wiedergebm,
aber noh steht der Tod danebm.
Gierig schaut er dih an
und probiert dann und wann
d' ärztliche Kunst zu überlistn
er siacht dih schon drinnen in der Kistn.
Doh du schaffst's und kannst noh amol entrinnen,
es is sovül Lebmswilln in dir drinnen.
Da geht er schließlich, der Sensnmann,
und für dih fangt a neues Lebm an.
Vül hast falsch gmacht bis zum heutign Tag,
wozu hast dir antan de Schinderei und Plag?
Wegn dem Geld zum Angebm vor d' Leut?
A neuer Anfang is dir gebm worn heut,
nimm die Chance dankbar an
und stell vo iatzt an dein' Lebm den Herrgott voran.

'S ALTE KRANKNHAUS HABM S' UMBAUT

Nix als wia Beton und Glas!
Na, da habm d' Leit gstaunt – was?
A ganzer Haufn moderns Gerät
iatzt an der Stell vom altn steht.
Gspart habm s' rein bei nix –
Grad nur 's Kruzifix
hat iatzt sein' Platz verlorn,
hinter d' Klimaanlage is's abgschobm worn.
Will iatzt a Kranker an 'n Herrgott denkn,
muaß er sih 'n Kopf anständig verrenkn.
Was habm sih eigentlih d' Leit dabei dacht,
wia s' des mitn Herrgott habm gmacht?
Wie kann ma nur 'n Herrgott in a Eckerl schiebm,
traurig, traurig, wann vo der Ehrfurcht
net mehr übrig is bliebm!

A FREUNDIN

Sie muaß net schön sein,
sie muaß ah net gscheit sein,
aber ane mit Herz solltat s' schon sein.
Ane, de dar allweil ihr Tür offnhalt,
wanns d' glaubst, es dadruckt dih der Kummer,
soll s' a Zuahörer sein, a stummer,
sollt dih auswoanen lassn,
bis s' all dein Leid kann erfassn.
Siahgst, wennsd' so wen hast,
is 's Lebm schon nur mehr d' halbe Last.
Hinterher kocht s' dar vielleicht an Kaffee,
streichlt dar über d' Hand und sagt: Na, geh,
schau, so is halt des Lebm,
auf Erdn kann's ka Paradies net gebm.
Solang d' Menschn alls dirigiern,
wern Sorgn und Not d' Welt regiern!

WORTERKLÄRUNGEN

Der Alte - der Chef
aufananderschnelln - zusammenprallen
baff - sprachlos
Beat-Schuppn - Jugendtanzlokal
Beisl - kleines Gasthaus
flennt - weint
füllig - dick
giftn - ärgern
gallt - ärgern
Galan - Verehrer
gluarn - schauen
Gschrapperl - kleines Kind
Hackn - Arbeit
Kutschn - Auto
Muckn - Launen
Pampf - Essen
up to date - am neuesten Stand sein
Pamperletsch - Kind
quirlt - unruhig werden
Schanigartn - Vorgarten von Gasthäusern
stierlt - sucht
Schmattes - Trinkgeld
parliern - reden, erzählen
Salär - Gehalt, Lohn

MARGIT SZABO

geborene Holzknecht, wurde am 15. Juni 1941 als »Sonntagskind« in Innsbruck geboren. Hier verbrachte sie ihre Kinderzeit und die ersten Schuljahre. Mit 12 Jahren kam sie mit ihrer Mutter nach Wien, sterbensunglücklich, weil sie die über alles geliebten Berge missen mußte. Was sie nach dem Besuch der Pflichtschulen sehr schwer traf, war, daß ihr Berufswunsch, die Krankenpflege zu erlernen, nicht in Erfüllung ging.
Viel, viel sollte in den darauffolgenden Jahren noch weitab von ihren Vorstellungen liegen. Wörtlich schreibt sie in jüngster Zeit: »Halte ich heute Rückschau, so bin ich unserem Schöpfer dankbar, sogar sehr dankbar für alles, was er an Schwerem für mich bereitgehalten hatte: das am eigenen Körper und an eigener Seele erfahrene Leid hat mir die Augen geöffnet für die Nöte anderer Menschen.«
War es ihr also nicht gegönnt, an Krankenbetten zu wirken, so will sie jetzt vom Schreibtisch aus wirken. Sie will be-

müht sein, den Menschen zu helfen, ihrem großteils so inhaltlos und leer gewordenen Leben Sinn und Aufgaben zu vermitteln, sie zu den wahren Werten des Lebens hinzuführen. Dieser sehr verantwortungsvollen Aufgabe unterzieht sie sich hauptsächlich in sozialkritischer Prosa und Lyrik. Mit zwei Gedichtabschnitten ist Frau Szabo bemüht, diesen sozialkritischen Weg zu zeigen. In dem einen Abschnitt blickt sie weit in die Welt hinaus und will das Weltgewissen wachrütteln, indem sie auf der einen Seite auf den übermäßigen Wohlstand, auf der anderen auf das große Elend mit den Leprakranken, den Flüchtlingen, den vielen Toten hinweist, die es bei den verschiedensten Ereignissen, vor allem beim sinnlosen Krieg, gibt. Und trotzdem rühren so viele die Trommel zum Krieg.

Im zweiten Abschnitt bleibt sie mit ihren Gedichten sozusagen »daheim«, sie hält Umschau in der Stadt und bei den in ihr wohnenden Menschen. Nicht viel anders sieht es auch hier aus als in der weiten Welt. Neben Wohlstand gleichfalls Elend, Elend, Elend. Und vieles, was es noch in der »so seligen« Kinderzeit gab, ist entschwunden, gibt es nicht mehr. Als Mutter von drei Kindern fällt ihr beobachtender Blick besonders stark gerade auf die Kinder. Die Sinnlosigkeit in so vielen Bereichen, der man auf Schritt und Tritt begegnen kann, quält Frau Szabo so sehr. Nicht zuletzt strahlt in vielen, vielen Gedichten das Leben der Autorin wider, gerade in jenen Gedichten, aus denen eine menschlich-gläubige Seele spricht.

Wenn man Frau Szabo gelegentlich vorwirft, in ihrer Aussage etwas zu hart, d. h. zu deutlich zu sein, wollen wir diese Meinung nicht teilen. Denn sie fragt sich ja selber, wie man die verweichlichte Umgebung aus ihrer Wohlstandslethargie reißen soll, wenn nicht mit etwas Härte und Augenöffnen, was noch lange nicht mit Grobheit und Derbheit verwechselt werden darf. Sie bleibt mit ihrer sozialkritischen Ausdrucksweise immer noch im »gesitteten« Rahmen und weit hinter anderen Autoren gleicher Art. Und sie wählt für ihre Gedichte die Mundart, weil sie mit ihr viele Gedanken besser und klarer an die Mitmenschen herantragen kann.

J. Hauer

INHALT

Das Gedicht »Vom Wegwerfn« wurde bereits gedruckt im Buch »Ein Volk gibt Auskunft – die Österreicher über Österreich«, Verlag Stern in Wien.

Die größte Kleinbuchreihe in österreichischer Mundart:

»Lebendiges Wort«

Niederösterreich

Bd. 2 Maria Hofer
's Johannifeual – Epos

Bd. 16 Sepp Koppensteiner
Aus gestern und heunt
Geschichten

Bd. 19 Karl Pschorn
Mei Gartl – Gedichte

Bd. 23 Anton Th. Dietmaier
Zeit und Leut – Gedichte

Bd. 27 M. u. M. Heuberger
Unser Bauernlond – Gedichte

Bd. 28 Karl Arnold
Dorfhoamat – Gedichte

Bd. 44 Sepp Koppensteiner
In tausend Brünn – Gedichte

Bd. 54 Johann Gloggnitzer
Dorfgsangln – Gedichte

Bd. 56 Adolf Jagenteufel
's alti Faß – Gedichte

Bd. 73 Hilde Beck
Blattl und Bliah – Gedichte

Bd. 74 Hildegard Wais
Acker voll Ächern – Gedichte

Bd. 112 Albert Janetschek
Ana wia du – Gedichte

Bd. 119 Sepp Koppensteiner
Krankerlblüah – Gedichte

Bd. 125 Johann Gloggnitzer
A gupfts Simperl – Gedichte

Bd. 126 Bruno Puchinger
D' Welt und ih – Gedichte

Bd. 130 Elfriede Schmid
Mit offane Augn – Gedichte

Bd. 134 Adolf Jagenteufel
Weinlond-Roas – Gedichte

Bd. 138 Poldi Gölles-Petrak
A Weg za dir – Gedichte

Bd. 145 Franz Schwingenschrot
Gedaunkn iwas Lebm – Gedichte

Bd. 154 Martha Willinger
Untern Nußbam tramt – Gedichte

Bd. 160 Walter Kainz
A Schrift in Lettn – Gedichte

Wien

Bd. 50 Klaus Wohlschak
D' Rettung is eh gleih do
Gedichte

Bd. 102 Josef Hondl
Ringlgspül – Gedichte

Bd. 108 Alfred Gesswein
augfeude schtod – Gedichte

Bd. 111 Helena Gwozdz
Musische Zwickerbusserln
Gedichte

Bd. 118 Marianne Nagl-Exner
Soll ih, oder soll ih net?
Gedichte

Bd. 143 Maria Pointner
Ma redt ja nur davon – Gedichte

Bd. 147 Hans Werner Sokop
Wienerisch is aa a Sproch
Gedichte

Oberösterreich

Bd. 1 Otto Jungmair
Das Spiel vom Helmbrecht-Moar
Spiel

Bd. 5 Rupert Ruttmann
D' Herzsoatn – Gedichte

Bd. 8 G. Goldbacher
Feierabnd – Gedichte

Bd. 18 Luise Noska
Fein gmischt – Gedichte

Bd. 25 Hans Reinthaler
Da Zaubabrunn
Lieder und Gedichte

Bd. 26 Hans Haager
Der Gvatterbitter
Bäuerliche Idylle

Bd. 32 Leopold Gruber
Innviertler Bluat – Gedichte

Bd. 37 Maria Wagner
In Muadastüberl – Gedichte

Bd. 49 Josef Hufnagl
Lusti is de Jagerei
Geschichten

Bd. 51 Elfriede Gscheidlinger
Bauernbrot – Gedichte

Bd. 53 Wilhelm Schaumberger
Lacha is gsund
Kurzgeschichten

Bd. 55 Franz X. Blasl
Vorn Hoamgang – Gedichte

Bd. 60 Eduard Hofbaur
Wia's daherkimmt – Gedichte

Bd. 61 Rupert Ruttmann
Sterndln und Strumpfn
Gedichte

Bd. 71 Elfriede Gscheidlinger
Zwoa Lausbuam
Max und Moritz

Bd. 75 Franz Hönig
Der Mostschädl – Gedichte

Bd. 78 Josef Hufnagl
Rupfers Garn, harabs Garn
Geschichten

Bd. 84 Theodor Renzl
Auf der Sunnbänk – Gedichte

Bd. 85 Franz Stelzhamer
Dahoam is dahoam – Gedichte

Bd. 92 Willi Kefer
Goiserisch gseha und greimt
Gedichte und Balladen

Bd. 105 Gregor Goldbacher
A Lebm für d' Hoamat
Gedichte

Bd. 109 Josef Grafeneder
Strudl und Wirbl – Gedichte

Bd. 113 Hans Dieter Mairinger
Waunn ih so schau – Gedichte

Bd. 115 Franz Resl
Da is amal ... – Geschichten

Bd. 131 Herbert Emmerstorfer
Rund um an Mostkruag
Gedichte

Bd. 136 Elfriede Gscheidlinger
Lustigs Herbarium – Gedichte

Bd. 140 Hubert Pichler
's Liad von Brot – Gedichtzyklus

Bd. 148 Käthe Koller
Unser Lebmsbinkerl – Gedichte

Bd. 152 Gustav Ganglmair
A Zegerl voill – Gedichte

Bd. 153 Augustin Roitinger
Hintern Pfluag – Gedichte

Bd. 155 Emmerich Doninger
Hoamatlih gsunga – Gedichte

Bd. 156 Josef Hochmayr
A gsegnts Landl – Gedichte

Bd. 161 Ulrike Rieger
's hoamliche Liacht – Gedichte

Bd. 166 Karl Kriechbaum
Was d' Doana verzählt – Gedichte

In der Kleinbuchreihe »Lebendiges Wort« sind außerdem Autoren aus allen anderen Bundesländern vertreten. Fordern Sie bitte Prospekte an.

Die Reihe wird fortgesetzt